Kopietz & Sommer

Charly Clever & Doktor Lupe und der schwarze Ritter

Die RFL

Die Retrofraktal-Lupe, kurz RFL, ist Doktor Lupes ureigenste Erfindung. Sie sieht aus wie eine ganz normale Lupe – mit ihrer Hilfe kann man aber z. B. durch Wände, Türen, Koffer oder Hecken sehen.

Eines Tages, das ist sicher, wird Lupe dafür den Nobelpreis bekommen. Sofern Charly die RFL bis dahin nicht im harten Einsatz vollständig geschrottet hat.

Hier klebt dein ganz persönliches Exemplar der RFL: Trenne sie einfach heraus, leg die Lupe auf den Suchbildern über die grauen Flächen und drehe die RFL so lange, bis du sehen kannst, was Charly Clever & Doktor Lupe gerade entdeckt haben. So löst du gemeinsam mit dem cleveren Team den Fall!

Sollte die Lupe hier fehlen, bekommst du sie ersetzt vom:

Loewe Verlag GmbH
Stichwort: Lupe
Postfach 1
95461 Bindlach

Gerit Kopietz & Jörg Sommer

Charly Clever & Doktor Lupe

und der schwarze Ritter

Illustrationen von
Eva Schöffmann-Davidov

Loewe

Die Deutsche Bibliothek – CIP-Einheitsaufnahme:

Kopietz, Gerit:
Charly Clever & Doktor Lupe und der schwarze Ritter /
Gerit Kopietz & Jörg Sommer.
Ill. von Eva Schöffmann-Davidov.
– 1. Aufl. – Bindlach : Loewe, 2001
ISBN 3-7855-4002-7

Besuche doch Charly Clever & Doktor Lupe
im Internet: **www.CharlyClever.de**

Der Umwelt zuliebe ist dieses Buch
auf chlorfrei gebleichtem Papier gedruckt.

ISBN 3-7855-4002-7 – 1. Auflage 2001

Umschlagzeichnung: Eva Schöffmann-Davidov
Redaktion: Miriam Büchele
Herstellung: Sandra Lautner
Umschlaggestaltung: Andreas Henze
Gesamtherstellung: GGP Media, Pößneck
Printed in Germany

www.loewe-verlag.de

Inhalt

Flucht vor Ritter Gandolf 11
Bruder Theophilus 22
Ritterturnier 34
Die Krawatte des schwarzen Ritters 46
Hetzjagd im Marktgetümmel 56
Ein Herzog blickt gar nichts 68
Retter in der Not 78
Die Täuschung 88
Ein Raubritter schlägt zu 98
Der Schatz im Burggraben 110

Der Geheimcode 126

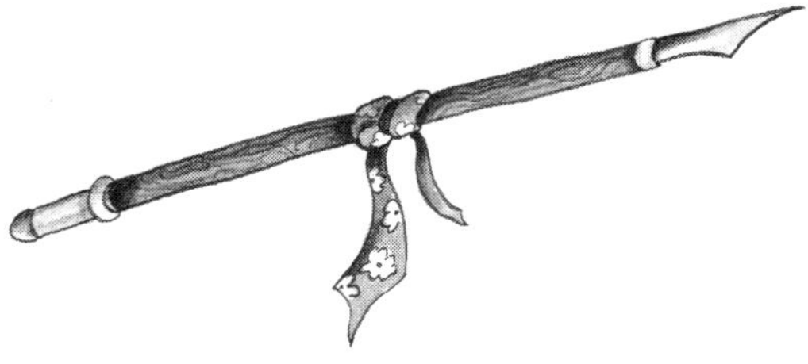

Flucht vor Ritter Gandolf

Der große, bärtige Ritter verzog den Mund zu einem Grinsen. Er beugte sich zu dem blonden Mädchen hinab, mit dem er in der schmalen Gasse zusammengestoßen war. Von einem nahen Platz drang der Lärm des mittelalterlichen Marktes herüber. Der Ritter lehnte sich auf sein breites Schwert und kratzte sich am Bart.

„Wohlan, edles Fräulein. Wollt Ihr Juwelen und Geschmeide freiwillig herausgeben? Oder muss ich Euch ein wenig mit dem Schwerte kitzeln, so wahr ich der schreckliche Gandolf heiße?“

Der Ritter zwinkerte dem Mädchen zu. Offensichtlich wollte er ihm bloß einen Schrecken einjagen.

Das Mädchen drehte sich zu dem Jungen um, der wenige Schritte hinter ihr stand.

„Was will denn der?“

„Keine Ahnung, Charly.“

Richard, Charlys bester Freund und Partner in vielen Abenteuern, zuckte mit den Schultern.

Der Ritter tat, als müsste er laut rülpsen. Dann streckte er seinen gewaltigen Lederhandschuh aus. Richard fuhr erschrocken zurück. Charly blinzelte kurz, wich aber nicht zur Seite. Der Ritter knurrte: „Wisset, dass noch keiner Ritter Gandolfs schrecklicher Hand entkommen ist. Doch mein Auge sieht, dass Ihr zwei Habenichtse seid. So will ich Euch denn ziehen lassen."

Ritter Gandolf nickte beiden kurz zu und marschierte mit stolz erhobenem Kopf an ihnen vorbei.

Charly tippte sich an die Stirn. „Durchgeknallt. Völlig durchgeknallt, der Typ."

„Ach komm, der spielt nur seine Rolle."

„Mag sein. Aber diese bescheuerte Sprache ..."

„So hat man halt früher gesprochen – im Mittelalter. Das gehört eben dazu. Die wollen das Ritterfest hier in Ronneburg so echt wie möglich gestalten."

„Und dazu gehört, dass sie Kindern Angst einjagen?" Charly runzelte die Stirn.

Lupe lachte: „Sehr lustig. Als ob der dir Angst eingejagt hätte. Da muss doch schon was Dickeres kommen als so ein verkleideter Raubritter."

Charly winkte plötzlich heftig mit den Armen: „Papa! Mama! Hier sind wir!"

Lupe folgte Charly zum Marktplatz. Dort stand ihr Vater an einem Stand, der alte Bücher anbot. Völlig vertieft blätterte er in einem alten, zerfledderten Bändchen. Charlys kleiner Bruder Lenny schaute ihm dabei gelangweilt zu. Mama Clever sah Charly und Lupe kopfschüttelnd entgegen. „Ihr sollt doch nicht so weit weggehen", sagte sie. „Gerade heute nicht, wo wir das Handy vergessen haben. Wenn ihr euch hier in den engen Gässchen der Stadt verirrt ..."

„Wir verlaufen uns schon nicht."

„Aber ich habe Richards Eltern versprochen, dass ich auf ihn aufpasse", erwiderte Charlys Mutter.

Lupe öffnete entrüstet den Mund, doch Charly antwortete schneller: „Was soll hier schon groß passieren?"

„Allerhand!"

Charly und die anderen fuhren herum. Charlys Vater räusperte sich. „Allerhand ist in dieser Stadt bereits passiert. Wir befinden uns hier in Ronneburg auf geschichtlich bedeutendem Boden. Genau auf diesem Marktplatz hat Herzog Maximilian im Jahre 1498 ..."

Charly rollte mit den Augen. So war ihr Papa eben. Er war Geschichtslehrer am städtischen Gymnasium und hatte eine Vorliebe für alles, was alt war. Im normalen Leben aber war er ..., nun, einfach nicht ganz lebensfähig. Zum Bei-

spiel trug er heute eine Krawatte – und was für eine. Nicht nur, dass er mit Anzug und Krawatte zum Ritterfest ging, es war noch dazu ein Teil, das in allen Regenbogenfarben grellbunt schimmerte. Echt peinlich.

Charlys Vater wedelte aufgeregt mit dem alten Buch in der Hand. „Das hier ist ein historisches Zeugnis. Genau wie die Mönchszeichen, die ich dir beigebracht habe, weißt du noch, Charlotta?“

Charly schloss die Augen. Und wie sie sich erinnerte. Wochenlang hatte ihr alter Herr sie mit den dusseligen Fingerzeichen der mittelalterlichen Mönche gequält. Als ob das irgendwie wichtig für das heutige Leben wäre.

„Charlotta? Hörst du mir zu?“

„Wo ist das Turnier? Ich will zum Ritterturnier!“, rief Lenny.

Siehe Geheimcode auf S. 126.

Papa verstummte. Charly sah ihren kleinen Bruder dankbar an. Lenny war zwar eine gewaltige Nervensäge, aber jetzt kam sein Geschrei gerade recht.

Mama blickte auf ihre Uhr. „Das fängt erst in über einer Stunde an! Du musst noch ein bisschen Geduld haben."

Lenny stampfte mit dem Fuß auf: „Ich will aber. Jetzt!"

„Geht nicht", kommentierte Charly kurz.

„Dann will ich die Burg angucken." Lenny griff nach der Hand seiner Mutter und zog daran.

„Ich bin aber mit den Bücherständen noch nicht fertig!", beschwerte sich Papa Clever.

„Dann trennen wir uns doch", schlug Charly vor. Mama sah sie skeptisch an. Charly fuhr fort: „Du gehst mit Lenny zur Burg, Papa wühlt in seinen Büchern, und Lupe und ich schauen uns auf dem Markt um. Und in einer Stunde treffen wir uns genau hier!"

Charlys Vater nickte: „So machen wir es." Er drehte sich wieder um und beugte sich über den

Tisch mit den auf schwarzem Samt ausgelegten Büchern.

Lenny zog wieder an der Hand seiner Mutter. „Komm schon, Mama!“

„Also schön. Aber ihr macht keinen Quatsch! Ist das klar?“

„Aber Mama!“

Während Lenny seine Mutter mit der ganzen Kraft eines Fünfjährigen in Richtung Burg zog, klopfte Charly ihrem Freund Lupe auf die Schulter.

„Na, wie hab ich das gemacht?“

„Ach weißt du, ich hätte auch gerne bei den Büchern ...“

„Lupe! Kein Wort mehr von dem alten Zeug! Ich will Spaß haben!“

„Spaß? Und wo zum Beispiel?“

Charly sah sich um. Überall auf dem Platz standen bunte Stände, alle von unzähligen Besuchern umringt. Sämtliche Gassen und Plätze des kleinen Städtchens waren überfüllt. Immer wieder sah man in dem Trubel bunte mittelalterliche

Gewänder. Denn fast alle Einwohner Ronneburgs hatten sich in historische Kostüme geworfen. Wenn man sich die moderne Kleidung der restlichen Besucher wegdachte, konnte man sich wirklich fast wie im Mittelalter fühlen.

Charly grinste plötzlich.

„Schau mal! Mit dem Knaben haben wir doch noch eine Rechnung offen!“

Jetzt sah auch Lupe den bärtigen Ritter Gandolf. Er drehte ihnen den Rücken zu. Charly gab

Lupe ein Zeichen, und gemeinsam schlichen die beiden durch die Menge. Ritter Gandolf sprach mit einem anderen, ganz in rot gekleideten Ritter, der ihn mindestens um Kopflänge überragte.

An einem der Stände hielt Charly an und zückte ihr Taschenmesser. Blitzschnell schnitt sie eine Schnur ab, mit der die Dachplane am Holzgerüst befestigt war. Sie knotete sie zu einer offenen Schlinge. Die letzten Meter bis zu Ritter Gandolf legte Charly allein gebückt zurück.

Blitzschnell warf sie die Schlinge über beide Sporen des Ritters. Dann versteckte sie sich schnell. Sie zwinkerte Lupe zu. Jetzt legte sie die Hände an den Mund und rief, so laut sie konnte:

„He! Ritter Gandolf!"

Der Ritter fuhr herum – und verlor sofort das Gleichgewicht. Wild rudernd, kippte er nach hinten und riss den roten Ritter mit zu Boden. Charly und Lupe lachten. Zahlreiche Besucher blieben stehen und betrachteten kichernd und klatschend die beiden Ritter, die sich mühsam aufrichteten.

Endlich stand Ritter Gandolf wieder und blickte sich um. Charlys Lachen verstummte, als sie seinen wilden Blick sah. Der Ritter rief: „Euch Gören ziehe ich die Hammelbeine lang!“ Wie der Blitz rannte er auf Charly und Lupe zu.

„Der ist ganz schön sauer“, murmelte Lupe und suchte genauso wie Charly das Weite.

Rasch bahnten die beiden sich einen Weg durch die Menge und bogen in eine kleine Gasse ab. Doch Gandolf blieb ihnen auf den Fersen. Charly und Lupe liefen weiter nach rechts, dann wieder nach links in eine unbelebte, dunkle Gasse.

„Mist!“, fluchte Charly. Die beiden standen in einem kleinen Hof, der von Häusern umgeben war. Charly musterte die Türen. Sie streckte die Hand aus.

„Schnell, die Zauberlupe!“

Lupe fingerte die RFL, so schnell er konnte, aus seiner Gürteltasche und reichte sie Charly. Beide hörten, wie Gandolfs Schritte immer näher kamen. Charly setzte die RFL ans Auge.

Bruder Theophilus

„Die da!" Charly rannte zur linken Tür und griff nach dem Riegel. Sie rüttelte heftig.

Hinter ihnen bog Ritter Gandolf in den Hof. Lupe wich zurück und drückte sich eng an Charly. Gandolf brüllte: „Hab ich Euch im Sacke, elendig Gewürm."

Er kam näher. Er blickte so finster, dass Lupe flüsterte: „Ich krieg richtig Angst, Charly!"

In diesem Moment wurde von innen die Tür

aufgestoßen. Charly und Lupe taumelten zurück und fielen auf den Boden. Ein hagerer, großer Mann mit freundlichem Gesicht und einer langen, braunen Kutte kam aus dem Haus. Er sah aus wie ein Mönch. Er lächelte freundlich.

„Mit Verlaub, edler Ritter. Was ist der Grund für Euer erzürntes Gesicht? Sind es die lieben Kindlein hier?"

„Kindlein?", brummte Gandolf. „Mir deucht eher, es sind ausgemachte Scharlatane, werter ..."

Der Mönch hob beruhigend beide Hände.

„Theophilus. Bruder Theophilus. Und Ihr müsst der mutige Ritter Gandolf von Wallafingen sein!"

Gandolf nickte, offensichtlich geschmeichelt. Lupe und Charly wechselten einen vorsichtigen Blick.

Der Mönch fuhr fort: „Nun denn, so vermag ich kaum zu glauben, dass Ihr zwei lieblich Kindlein den Garaus machen wollt."

Gandolf blickte unschlüssig auf Charly und Lupe.

Der Mönch ergänzte: „Das ziemt doch eines edlen Ritters nicht."

Gandolf zögerte. Endlich nickte er. „So sei es. Doch gebe Gott, dass mir die lieblich Kindlein nicht ein weiteres Mal begegnen. Denn sonst hat ihr letztes Stündlein geschlagen, so wahr ich Gandolf von Wallafingen heiße."

Er drehte sich um und verließ den Hof.

Erleichtert rappelten Charly und Lupe sich auf. Charly streckte dem Mönch die Hand hin.

„Danke! Wer weiß, was dieser Gandolf ohne Sie mit uns gemacht hätte!"

Bruder Theophilus verbeugte sich: „Eine Ehre war es dem bescheidenen Diener des Herrn, zwei bedrohte Kindlein vor des Ritters wüstem Zorn zu bergen."

Charly sah Lupe an. Beide kicherten. Charly drehte sich zu Bruder Theophilus um: „Müssen Sie eigentlich so geschwollen sprechen?"

Theophilus schmunzelte. „Ihr habt Recht, Kinder. Lasst uns reden wie normale Menschen. Kommt ihr mit? Ich muss zum Marktplatz."

Charly und Lupe nickten. Die drei gingen gemeinsam los.

„Was habt ihr eigentlich dem guten Gandolf angetan, dass der so wutentbrannt hinter euch her war?“, fragte Theophilus.

Charly erzählte es ihm. Theophilus musste dabei immer wieder lauthals lachen. „Wenn ihr wüsstet, welchen Beruf Ritter Gandolf im wirklichen Leben hat, wärt ihr wahrscheinlich nicht so schnell gerannt“, meinte er schließlich grinsend.

Charly rätselte: „Catcher? Boxer? Möbelpacker?“

„Metzger?“, überlegte Lupe.

„Bankdirektor!“, antwortete Theophilus. Er kicherte, als er die überraschten Gesichter von Charly und Lupe sah.

„Gandolf heißt im wirklichen Leben Hans-Werner Stein und ist Direktor der Ronneburger Volksbank. Eigentlich ein sehr ruhiger, bequemer Herr, der aber aus Leidenschaft Jahr für Jahr die Ritterspiele mitorganisiert. Dann allerdings schlüpft er immer mit großer Freude in die Rolle des Raubritters Gandolf.“

Charly nickte. „Klar. Was gibt es für einen

Bankdirektor Aufregenderes, als einen rabauzigen, fluchenden Raubritter zu spielen?“

„Eben. Fast alle Bürger der Stadt spielen jedes Jahr während der Ritterspiele eine bestimmte Rolle. Sogar der Bürgermeister macht mit: Er spielt den Herzog Maximilian. Und seine Frau muss seine Gattin, die Freifrau von Kronenbyhl, darstellen. Obwohl sie nicht die geringste Lust dazu hat.“

Sie bogen nun wieder in eine der belebteren Gassen ein. Charly fragte: „Stimmt das eigentlich alles? Ich meine, hat es diesen Gandolf und den Herzog Maximilian früher wirklich gegeben?“

„Oh ja. Vor über 500 Jahren hier in Ronneburg. Das ist alles überliefert. Sogar die Kostüme werden nach alten Vorlagen geschneidert. Die meisten Häuser hier in der Stadt stammen ja auch noch aus der Zeit.“ Theophilus senkte verschwörerisch seine Stimme: „Es wird auch erzählt, dass seit damals irgendwo auf dem Burggelände ein sagenhafter Schatz vergraben sein soll. Angeblich bei der Burg.“

Charly sah Lupe an, dessen Augen einen leuchtenden Glanz bekamen. „Und diesen Schatz hat bis heute niemand gefunden?“, fragte er.

„Niemand! Gesucht haben ihn schon viele. Aber Erfolg hatte keiner ...“

Lupe dachte kurz nach. „Woher wissen Sie eigentlich so viel?“, platzte er dann plötzlich raus.

Bruder Theophilus stutzte. „Wie meinst du das?“

„Na, über die Ritterspiele hier, den Schatz, den Raubritter Gandolf und all die anderen.“

Der Mönch schob die Hände unter seiner Kutte zusammen und lächelte.

„Es gehört zu meinem Job, über alles gut Bescheid zu wissen.“

„Sind Sie etwa der Chef von dem Laden hier?“, erkundigte sich Charly neugierig.

„Na, nicht ganz. Ich wirke mehr hinter den Kulissen."

Lupe runzelte die Stirn: „Merkwürdig. Warum kannte Sie dann Gandolf gar nicht?"

„Tja, der gute alte Gandolf. Ein wenig vergesslich und weltfremd. Wenn ihr wisst, was ich meine." Theophilus zwinkerte den beiden zu.

Charly nickte: „Und ob. Mein Vater ist auch so einer. Da könnte ich Ihnen stundenlang Geschichten erzählen."

„Ein anderes Mal, Kinder. Jetzt sind wir da. Dort vorne ist der Marktplatz."

Hier kannten sich Charly und Lupe wieder aus. Sie verabschiedeten sich von Bruder Theophilus, der sich vor ihnen verbeugte. „Ich wünsche euch viel Spaß auf dem Fest. Ich muss leider weiter. Macht es gut!"

Charly und Lupe sahen ihm nach, wie er rasch in der Menge verschwand.

Charly spürte, wie Lupe nervös von einem Bein aufs andere trippelte.

„Spuck's schon aus", sagte sie schließlich.

„Du, ich meine, wäre das nix für uns?“ Lupe sah sie von der Seite an.

„Was?“

„Der Schatz!“

Charly schüttelte den Kopf. „Lupe! Wir sind hier, um das Ritterfest anzuschauen, und nicht, um nach irgendwelchen Schätzen zu suchen.“

„Ja, aber wir haben doch jetzt eine halbe Stunde Zeit, und wir könnten doch mal ...“

„... schnell den Schatz finden?“ Charly schloss die Augen. „Logo! Wir finden mal schnell eben den sagenhaften Schatz der Ronneburg, den die ganze Welt seit 500 Jahren sucht.“

Lupe stöhnte. „Ich wollte ja nur mal zur Burg hochgucken.“

Charly warf einen Blick nach oben. Dort, hoch über den Dächern der Stadt, standen die hohen Mauern der Ronneburg. Der mächtige Wehrturm

wirkte fast bedrohlich. Charly klopfte Lupe auf die Schulter. „Vergiss es. Bis wir oben sind, können wir gleich wieder umkehren. Lass uns lieber noch ein bisschen über den Markt laufen. Opa hat mir einen Schein zugesteckt. Vielleicht gibt es irgendwo Eis."

Die beiden drückten sich durch die Menschenmenge. Es ging auf Mittag zu, und an allen Ständen, an denen es Essbares gab, hatten sich lange Schlangen gebildet. Sie kamen in die Nähe des Turnierplatzes, wo die teilnehmenden Ritter ihre Zelte aufgeschlagen hatten.

Charly wurde plötzlich von hinten angerempelt. „He, kannst du nicht aufpassen?“, rief sie. Im selben Moment rauschte ein dunkler Schatten an ihr vorbei. Ein Ritter drückte sich rücksichtslos durch die Menge. Er hatte eine völlig schwarze Rüstung an. Sogar der Federbusch auf seinem Helm glänzte schwarz. „So ein Idiot“, schimpfte Charly. Sie sah, wie der Ritter sich hastig in eines der Zelte zwängte. Schnell griff sie an Lupes Gürtel und schnappte sich die RFL. Bevor Lupe reagieren konnte, hatte sie schon einen Blick hindurchgeworfen.

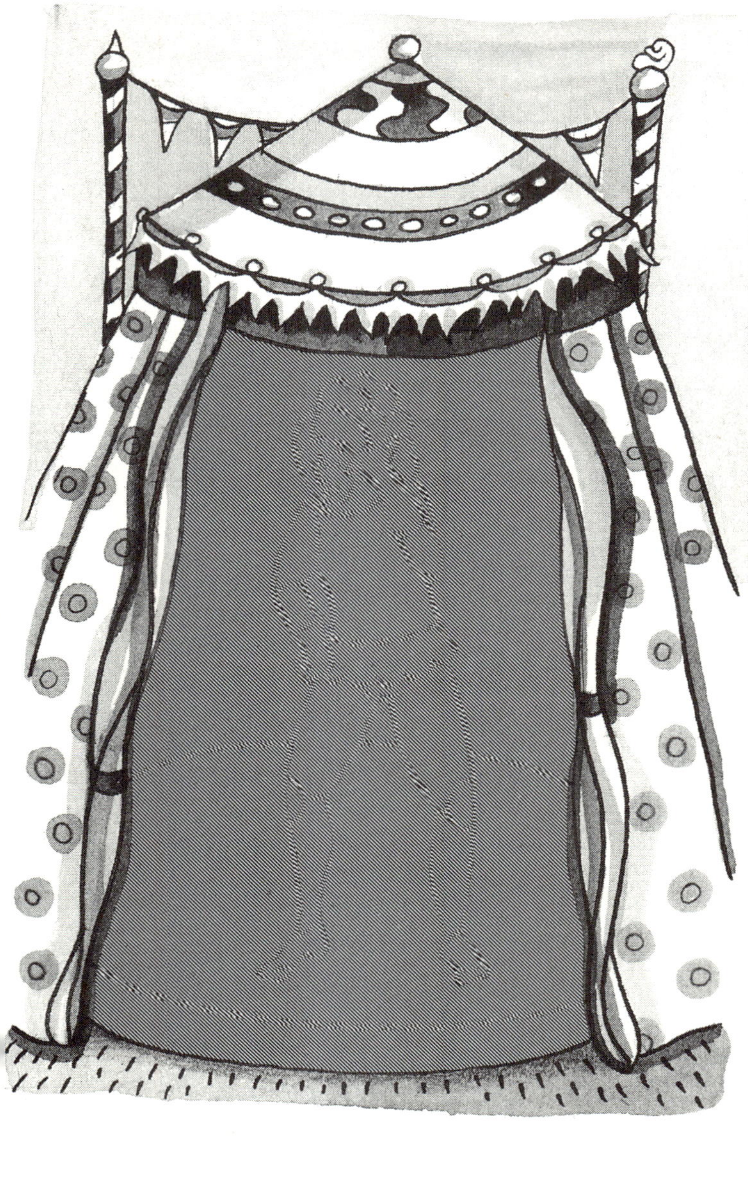

Ritterturnier

„Und, warum hatte der es so eilig? Musste er aufs Klo?“, fragte Lupe.

Charly reichte ihm die RFL. „Sieh selbst!“

„Der telefoniert ja! Und deshalb musste er sich so schnell durch die Menge quetschen?“

„Na, vielleicht hat er gerade deinen Schatz gefunden.“

Lupe steckte die RFL zurück ins Etui. „Haha. Sehr komisch.“

In diesem Moment schleppten zwei als Knappen verkleidete Männer einen Sack ins Zelt.

Charly grinste. „Jetzt hab ich's. Der Junge hatte mächtig Kohldampf und hat sich einen ganzen Sack voll Pizza bestellt.“

„So schnell liefert doch keine Pizzeria!“

Charly schüttelte den Kopf. „Lupe, du bist so was von humorlos.“ Sie dachte kurz nach. „Sag mal, wie spät ist es eigentlich?“

Lupe warf einen Blick auf seine Armbanduhr. „Zu spät!“

„Na, dann aber dalli!“, rief Charly, und beide rannten los. Fünf Minuten später kamen sie am Treffpunkt der Familie an. Charlys Mutter und Lenny warteten bereits.

Charly keuchte: „Puh, sind wir gerannt.“ Sie entdeckte ein Funkeln in Mamas Augen und schob nach: „Lupes Uhr ging nach.“

Der protestierte: „He, das ...“

„Wo steckt denn Papa?“, fragte Charly ungerührt.

„Er ist noch nicht da“, antwortete ihre Mutter.

„Was? Papa kommt doch nie zu spät!“ Charly konnte es nicht glauben.

„Ich weiß. Es muss ihm irgendwas dazwischengekommen sein. Was sollen wir tun?“ Charlys Mutter sah die beiden an.

„Warten“, beschloss Charly. Also warteten sie.

Eine halbe Stunde später erscholl ein Fanfarenstoß. Mama blickte auf ihre Uhr. „Das Turnier beginnt.“

„Au ja. Ich will hin!“, rief Lenny aufgeregt.

Doch Mama schüttelte den Kopf. „Wir müssen Papa suchen.“

„Und wo?“, wollte Charly wissen.

Mama seufzte. „Wenn ich das nur wüsste.“

Lupe fragte: „Vielleicht sollten wir ihn ausrufen lassen?“

„Ich will zum Turnier“, quengelte Lenny.

„Gute Idee!“, sagte Charly. „Wir drei gehen zum Turnier und Mama zur Veranstaltungsleitung. Die sollen Papa ausrufen.“

Ihre Mutter zögerte. Die Fanfare ertönte ein zweites Mal.

„Gehen wir jetzt endlich zum Turnier?“, fragte Lenny.

Charly deutete auf ihren Bruder. „Oder willst du das kleine Quengelmonster die ganze Zeit mitschleppen? Außerdem haben wir die Karten schon bezahlt. Wir können doch nichts dafür, dass Papa vor lauter Büchern die Zeit vergessen hat.“

„Also schön“, sagte Mama. „Dann müssen wir uns jetzt aber beeilen.“

Die vier drückten sich durch die Menschenmassen zum Eingang des Turnierplatzes, der am Fuß des Burghügels, direkt vor der alten Stadtmauer auf einer großen Wiese lag. Sie zeigten ihre Eintrittskarten vor und hatten wenig später ihre Plätze auf einer der vier großen Tribünen gefunden, die den Platz umgaben. Auf dem Turnierplatz bereitete sich bereits ein Dutzend Ritter in malerischen Kostümen auf das Turnier vor. Lupe, Charly und Lenny setzten sich.

„Wow. In der ersten Reihe!“, rief Lupe begeistert und hatte nur noch Augen für die Ritter. Diese schwangen ein letztes Mal ihre blanken

Schwerter. Dann ließen sie sich von ihren Knappen auf die Streitrösser hieven. Charlys Mutter fasste ihrer Tochter an die Schulter. „Du sorgst mir dafür, dass ihr alle drei noch da seid, wenn ich komme. Verstanden?"

„Klar, Mama, auf mich kannst du dich verlassen."

„Hoffentlich", seufzte Mama. „Ich möchte euch nicht auch noch verlieren. Euer Opa hatte Recht. Er hat von vornherein gesagt, dass es hier zu voll ist. Er würde lieber zu Hause auf seiner Terrasse bleiben, als sich so einen Massenauftrieb anzutun."

Charly grinste. „Opa hat immer Recht."

Ihre Mutter nickte geistesabwesend, murmelte „Tschüss, bis später" und strebte zum Ausgang.

Ein drittes Mal ertönte die Fanfare, und die Ritter zogen alle in einer Reihe vor der kleinen Ehrentribüne vorbei. Gleichzeitig senkten sie ihre Lanzen. Ein kleiner, dicker Mann in einem prächtigen, rotgelben Kostüm stand auf und sprach in ein Mikrofon.

„Ich, Herzog Maximilian, oberster Herr Ronneburgs, erkläre das große Spectaculum für eröffnet."

Die Fanfare ertönte wieder, die Menge jubelte, die Ritter hoben ihre Lanzen und trabten an die Seite des Platzes.

Ein Sprecher verkündete: „Im ersten Waffengang des Tages treffen aufeinander: der vortreffliche Ritter Heribert von Adlerfels und der mutige Kreuzfahrer Laurenz von Sillenbuch."

Die Menge applaudierte. Charly kaute gelangweilt an den Fingernägeln. Sie warf einen Blick auf Lenny und Lupe, die sich beide mit offenen Mündern gespannt vorgelehnt hatten.

„Also, ich weiß nicht. Was ist so toll dran, wenn sich erwachsene Männer in knallbunten Unterhosen die Schädel einschlagen?"

Lupe schloss den Mund, schüttelte den Kopf, als habe ihn eine Fliege belästigt, und erklärte: „Die schlagen sich doch nicht wirklich den Schädel ein. Das ist alles nur Show!"

„Auch noch Beschiss."

„Jetzt geht's los!", rief Lenny. Lupe fuhr herum. Auch Charly beobachtete, wie die beiden Ritter in vollem Galopp und mit gesenkten Lanzen aufeinander zustürmten.

Mit einem lauten Krachen prallten die Lanzen auf die Schilde. Einer der beiden Ritter fiel rückwärts auf den Rasen. Der Sprecher verkündete: „Den Sieg in diesem edlen Streit errang Heribert von Adlerfels. Er wird nun antreten gegen Lennart vom Rauen Stich."

Ein ganz in Schwarz gekleideter Ritter sprengte auf seinem Pferd quer über den Platz. An seiner Lanze wehte ein grellbunter Wimpel.

„Ist das nicht der Rüpel mit dem Handy?", fragte Charly.

Lupe nickte. „Der wirkt ganz schön Furcht erregend in seiner schwarzen Rüstung."

„Papa!“, schrie Lenny plötzlich. Charly sah sich um, konnte aber keine Spur von ihrem Vater entdecken. Lenny sprang auf und deutete auf den Turnierplatz. „Da! Der Ritter da.“

Charly runzelte die Stirn. „Das ist doch nicht Papa!“

Lenny stampfte aufgeregt mit dem Fuß auf. „Aber Papas Krawatte!“

Lupe und Charly starrten auf die Lanze des schwarzen Ritters. Jetzt sahen auch sie es: Diese Krawatte war unverkennbar die von Papa Clever.

„Was hat das zu bedeuten, Charly?“, fragte Lupe.

„Frag mich was Leichteres. Vielleicht hat er sie irgendwo gefunden? Oder meinem Papa gestohlen?“

Lupe ergänzte: „Oder dein Vater steckt unter der Rüstung.“

„Du spinnst. Der kann noch nicht mal reiten.“

„Und was machen wir jetzt?“

„Aufpassen. Ganz genau aufpassen.“

Auf dem Turnierplatz waren die beiden Gegner

in Position gegangen. Ihre Pferde stürmten gleichzeitig los. Der schwarze Ritter beugte sich weit vor. Sein Pferd galoppierte in weiten, kraftvollen Sprüngen. Die Lanzen krachten. Ein Aufschrei ging durch die Menge.

„Die Lanze des schwarzen Ritters ist gebrochen!“, rief Lupe.

Beide Gegner saßen noch im Sattel und ritten zu ihrem Ausgangspunkt zurück.

Der schwarze Ritter bekam von einem seiner Knappen eine neue Lanze gereicht.

Ein zweites Mal ritten die Gegner aufeinander zu. Diesmal schien der schwarze Ritter sogar noch eine Spur schneller zu sein. Die Lanzen trafen. Sekunden später lag Heribert von Adlerfels im Staub.

Der Sprecher kündigte eine Pause und den Auftritt einer Tanzgruppe an. Charly sprang auf, duckte sich unter der Absperrung hindurch und flitzte auf den Platz. Blitzschnell lief sie zu der abgebrochenen Lanzenspitze, zog die Krawatte ab und rannte zurück vor die Tribüne. Lenny und Lupe kamen ihr entgegen. Charly berichtete aufgeregt: „Das ist Papas Krawatte. Eindeutig. Den schwarzen Ritter sollten wir uns mal genauer anschauen."

„Gute Idee, aber wohin ist er verschwunden?", fragte Lupe. Sie sahen sich um. Die Tanzgruppe marschierte ein. Einige Ritter waren zu sehen, doch vom schwarzen Ritter fehlte jede Spur.

„Darf ich mal die Zauberlupe haben?", fragte Charly. Aber Lupe hatte sie bereits ans Auge gehoben.

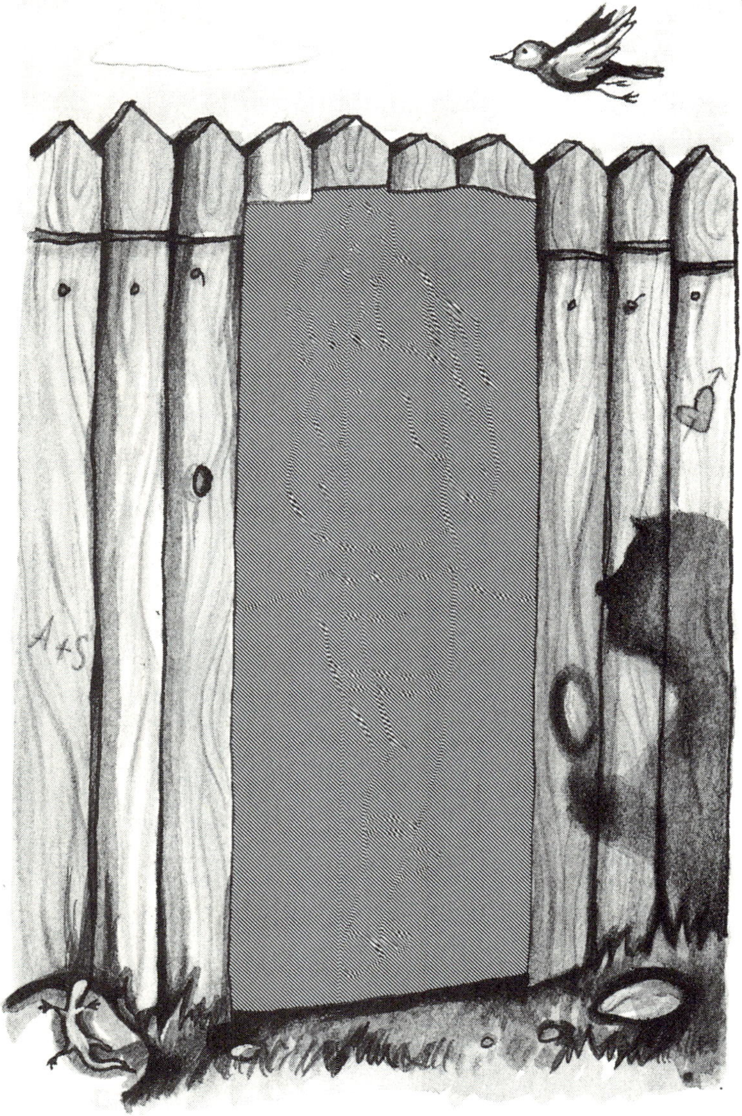
A+S

Die Krawatte des schwarzen Ritters

„Der schwarze Ritter steckt da vorne, hinter dem Holzzaun!“, rief Lupe.

Aus den Lautsprechern erscholl nun laute mittelalterliche Musik.

„Gib mir nochmal die RFL!“, forderte Charly.

Lupe streckte ihr die Zauberlupe entgegen. Doch in der Bewegung hielt er plötzlich inne.

„Wir sollten uns besser beeilen.“

Charly drehte sich um. Zwei Ordner kamen auf sie zu. Einer rief: „He, ihr da! Marsch zurück auf die Tribüne. Hier ist es gefährlich!“

Charly beugte sich zu ihrem Bruder hinunter.

„Hör mir gut zu, Lenny. Du gehst zurück zu unserem Platz und bleibst sitzen, bis Mama kommt. Sag ihr, dass wir Papas Spur verfolgen. Gib ihr die Krawatte.“

Sie drückte ihrem Bruder die grellbunte Krawatte in die Hand. Der verzog den Mund.

„Ich will nicht dableiben! Ich will mit!"

Die Ordner waren herangekommen.

„Was denkt ihr euch eigentlich?", brüllte einer.

Charly ignorierte den Mann. „Du bleibst hier!", funkelte sie ihren Bruder an.

„Nein!", schrie Lenny.

„Doch!"

„Nein!"

„Doch!"

Die beiden Ordner legten je eine Hand auf Charlys und Lennys Schulter.

„He, loslassen!", schimpfte Lenny. Charly zwinkerte Lupe zu und wies mit dem Kopf zum

Holzzaun am anderen Ende des Turnierplatzes. Lupe nickte – und rannte los. Jetzt riss sich auch Charly los und sprintete hinter Lupe her. Im Laufen drehte sie sich um und rief den Ordnern zu: „Passen Sie gut auf meinen kleinen Bruder auf!"

Noch bevor die beiden reagieren konnten, war Charly schon quer durch die Gruppe der Tänzer über den Platz gerannt. Sie sah, wie Lupe um die Ecke des Holzzaunes bog, und folgte ihm. Lupe wartete hinter der Ecke. Charly hielt auch an, schwer atmend.

„Wo steckt er?", fragte sie keuchend.

Lupe deutete auf ein Tor in der Stadtmauer. „Dort ist er rein. Er hatte es ziemlich eilig."

„Na, dann los."

Hinter dem Tordurchgang lag eine lang gestreckte, schmale Gasse. Charly und Lupe entdeckten dort den Ritter, der es offensichtlich eilig hatte. Vorsichtig folgten sie ihm durch die Gasse über einen kleinen Platz in ein breiteres Sträßchen.

Hier waren sie wieder mitten im Gewimmel des mittelalterlichen Marktes. Charly und Lupe mussten immer dichter aufschließen, damit sie den schwarzen Ritter im Getümmel nicht verloren. So folgten sie dem Ritter bis zum Marktplatz. Hier gab es unzählige Essstände. Eine große Bühne war vor dem historischen Rathaus aufgebaut, auf der Akrobaten und Gaukler ihre Kunststücke zeigten. Der Platz war gerammelt voll, die Kinder kamen kaum mehr durch die Menge.

Da rief Lupe plötzlich: „Er ist weg."

Hektisch sahen sich die beiden um.

„Ich hab ihn“, schrie Charly.

Sie hatte am anderen Ende des Marktplatzes den schwarzen Helmbusch entdeckt, der deutlich aus der Menge ragte. Schnell folgten sie dem Mann weiter durch die Gassen der Stadt bis hinauf zur Burg.

Hier endete der Markt. Die beiden Freunde mussten nun besonders gut Acht geben, dass sie der schwarze Ritter nicht entdeckte. Doch der lief auf direktem Weg über die Zugbrücke in den Burghof und sah sich gar nicht um.

„Den zu beschatten ist ja tierisch leicht.“ Lupe schüttelte erstaunt den Kopf.

„Fast unter unserer Würde“, antwortete Charly. „So was würde uns bestimmt nicht passieren.“

Sie folgten dem Ritter quer durch den von großen Kastanienbäumen bewachsenen Burghof bis zum hinteren Burgtor.

Auf dem Parkplatz hinter der Burg standen zahlreiche Autos, vor allem Transporter und Lkws. Hier parkten die Standbetreiber und Zulieferer. Menschen waren kaum zu sehen. Kein Wunder, es waren ja alle auf dem Markt und dem Turnierplatz.

Charly und Lupe beobachteten, wie der Ritter zu einem weißen Transporter ging, neben dem ein Mann in einem Gauklerkostüm stand. Er hatte offensichtlich auf den schwarzen Ritter gewartet. Als jetzt dieser seinen Helm absetzte, konnten sie zwar sein Gesicht nicht erkennen, sahen aber, dass er eine Glatze hatte. Die beiden Männer unterhielten sich leise und schauten sich dabei immer wieder um.

„Das sieht aber verdächtig aus“, kommentierte Charly. Sie und Lupe schlichen sich, gedeckt durch die geparkten Fahrzeuge, näher heran. Doch trotzdem konnten sie kein Wort der Unterhaltung verstehen.

„Was ist denn das?", fragte Lupe plötzlich.

Eine knarrende, mittelalterliche Kutsche rollte auf den Parkplatz. Sie war bunt angestrichen und sah aus, als würde sie einer reisenden Gauklertruppe gehören.

Gezogen wurde sie von einem stämmigen, hellbraunen Kaltblut mit langer Mähne. Die Kutsche quietschte und ächzte. Langsam rollte sie auf die beiden Männer zu. Ein weiterer Mann stieg vom Kutschbock. Er war ebenfalls wie ein Gaukler gekleidet, denn er trug eine Art grüne Strumpfhose, ein ledernes Hemd und eine rotgelbe Mütze.

Die drei öffneten die Hecktür des Transporters und fingen an, Gegenstände aus dem Wagen in die Kutsche zu verladen.

„Kannst du erkennen, was die da umladen?", fragte Lupe.

Charly schüttelte den Kopf.

„Keine Ahnung. Irgendwelche Kisten. Wir sind zu weit weg. Lass uns näher rangehen!"

„Nicht, dass die uns erwischen!"

„Uns erwischt keiner!"

Charly schlich vorsichtig weiter, immer in der Deckung der geparkten Fahrzeuge bleibend. Lupe folgte ihr.

Endlich waren sie nah genug. Doch es war zu spät – die Männer hatten das Umladen beendet und warfen die Tür des Transporters zu. Der schwarze Ritter stieg mit dem Wagenlenker auf den Kutschbock. Der Gaukler nahm das Pferd zusätzlich am Zügel, und der Wagen setzte sich rumpelnd in Richtung Burg in Bewegung.

„Die kommen direkt an uns vorbei!“, zischte Charly. „Schnell, die Zauberlupe!“

Die beiden krochen unter den Lkw, hinter dem sie sich versteckt hatten. Lupe griff nach der RFL und setzte sie ans Auge. Doch Charly schnappte sie ihm aus der Hand.

„Jetzt bin ich dran!“

Lupe protestierte: „Es ist aber meine. Ich habe sie erfunden, und ich muss sie die ganze Zeit rumschleppen. Da will ich sie wenigstens hin und wieder auch benutzen.“

„Hast du doch. Vorhin am Turnierplatz. Das reicht. Schließlich ist es mein Papa, der verschwunden ist.“

Charly starrte bereits durch das Gerät.

Hetzjagd im Marktgetümmel

„Wahnsinn!“, murmelte Charly.

„Klärst du mich auf?“, fragte Lupe ungeduldig.

Charly reichte die RFL an Lupe weiter. Dabei berichtete sie – leise, denn die Kutsche war nur wenige Meter von ihnen entfernt: „In der Kutsche sind ganz seltsame Sachen – Computer, Funkgeräte, Bohrmaschinen und Brecheisen. Für mich sieht das aus wie Einbruchswerkzeug. Total professionelles Einbruchswerkzeug!“

„Echt?“, erklang eine piepsige Stimme hinter ihnen. Charly fuhr herum: „Lenny! Was ...“

Auch Lupe drehte sich wie der Blitz um. Da passierte es. Er schlug mit der Zauberlupe an den Auspuff dicht über ihren Köpfen. Es gab ein helles, unerträglich lautes Geräusch. Charly, Lupe und Lenny erstarrten.

Die Kutsche hielt sofort an. Der schwarze Ritter fragte: „Was war das?“, und stieg ab.

Charly und die anderen gaben kein Geräusch von sich. Sie wagten kaum zu atmen.

„Keine Ahnung. Vielleicht eine Katze?", vermutete der Gaukler auf dem Kutschbock. Der schwarze Ritter schüttelte den Kopf. Die schwarzen Stiefel standen nur wenige Zentimeter vor Charlys Nasenspitze. Lenny hielt sich beide Augen zu.

Endlich hörten sie die Stimme des schwarzen Ritters: „Na schön. Machen wir, dass wir runter in die Stadt kommen. Der Boss wartet nicht gerne."

Die Stiefel vor Charlys Gesicht setzten sich in Bewegung.

Charly wollte gerade erleichtert aufatmen, als direkt vor ihr ein Handy auf den Boden fiel. Charly wurde kreidebleich. Lenny hielt sich noch immer die Augen zu. Der Ritter fluchte: „Hoffentlich ist das Mistding jetzt nicht kaputt."

Er wollte sich bücken, doch der Gaukler, der die Pferde führte, war schneller. Er ließ die Zügel los, machte einen Schritt und griff nach dem Handy. Sein Gesicht war nur einen Meter von Charlys entfernt. Der Mann fasste das Handy und wollte sich gerade wieder aufrichten, als er stutzte. Für zwei Sekunden starrten sich Charly und der Mann stumm an. Und dann geschah alles blitzschnell.

Der Mann schrie: „Wir werden beobachtet!", und griff unter den Lkw. Charly und Lupe robbten blitzartig rückwärts. Der Mann versuchte verzweifelt, sie mit seinem Arm zu erreichen, und auch der schwarze Ritter bückte sich. Der dritte Mann sprang vom Kutschbock.

Charly und Lupe robbten noch weiter zurück. Charly griff Lennys Füße und zog ihren kleinen Bruder mit. Lenny öffnete vorsichtig die Augen. Als er das Gesicht des schwarzen Ritters sah, fing er an, panisch zu schreien.

Der schwarze Ritter schrie noch lauter: „Los, schnappt sie euch! Lasst sie nicht entkommen, ich passe auf die Kutsche auf!"

Die Männer liefen auf die linke Seite.

„Rechts", zischte Lupe und rollte sich sofort auf dieser Seite unter dem Wagen vor. Charly und Lenny krabbelten hinter Lupe her.

Die Gangster liefen um den Lkw herum. Doch sie hatten nicht mit der Schnelligkeit von Charly, Lupe und Lenny gerechnet. Denn die drei Freunde flüchteten schon in Richtung Burg. Sie rannten wie noch nie in ihrem Leben. Lenny schrie: „Nein! Nein! ...“, und obwohl er jünger und kleiner war als Charly und Lupe, raste er in wilder Panik an ihnen vorbei.

Auch Charly legte noch einen Zahn zu. Die drei stürmten quer durch die Burg, über die Zugbrücke hinab und in Richtung Stadtzentrum. Im Laufen drehte Charly sich kurz um. Nur wenige

Schritte hinter ihr rannte Lupe, gut 20 Meter dahinter sah sie die beiden Gaukler. Endlich begannen die Marktstände. Die drei versuchten, in der schnell dichter werdenden Menschenmenge unterzutauchen. Lenny schrie „Hilfe!“, doch die Menschen starrten ihn nur verständnislos an.

„Halt lieber die Klappe, sonst hören dich die Männer noch. Lauf!“, rief Charly ihm zu.

Lenny schluckte – und hielt den Mund.

„Vielleicht kommen sie nicht hinterher“, dachte Charly. „Sie sind nicht so klein wie wir und kommen bestimmt nicht so gut durch!“

Lupe rief: „Da vorne rechts rein!“

Charly sah, welche Gasse er meinte. Sie packte Lenny an der Schulter und riss ihn mit. Die Gasse war menschenleer, nur wenige Schritte breit und ging steil bergab.

Es dauerte ein paar Sekunden, bis sie hinter sich einen Ruf hörten: „Da sind sie!“

Die drei folgten einer Biegung der Gasse. Und stoppten vor einer Mauer. Nur zwei volle, übel riechende Mülleimer standen davor. Doch selbst wenn sie auf sie draufgeklettert wären, hätten die drei nie und nimmer die Oberkante der Mauer erreichen können.

„Lupe! Ich dachte, du wusstest, wo wir hinlaufen!“

„Dachte ich ja auch!“

„Und jetzt?“

Lupe schloss die Augen. „Lass mich nachdenken.“

„Vergiss es und schnapp dir einen Mülleimer!“, zischte Charly.

Die Schritte und das Keuchen der Verfolger kamen näher.

Die drei drückten sich in eine Haustür.

Schon bogen die beiden Männer in raschem Lauf um die Ecke. Und blieben ebenfalls abrupt stehen. Sie starrten ungläubig auf die Mauer.

„Jetzt!“, schrie Charly und sprang auf. Sie gab dem Mülleimer einen so heftigen Tritt, dass er direkt auf die beiden Verfolger purzelte. Lupe tat das Gleiche. Lenny warf einen der Mülleimerdeckel hinterher. Die Männer schrien erschro-

cken auf, ruderten mit den Armen und verloren das Gleichgewicht.

Noch während die beiden mit einem ohrenbetäubenden Lärm übereinander stürzten, rannten Charly, Lenny und Lupe los. So schnell sie konnten, flitzen sie bergauf, die Gasse zurück. Oben angekommen, blieb Lupe keuchend stehen.

„Ich kann nicht mehr."

„Dann dreh dich mal um", sagte Charly und wies nach oben. Die beiden Gaukler kamen die Gasse heraufgerannt.

„Ich kann wieder!", entschied Lupe und lief

auch schon los. Bald waren die drei wieder auf dem Marktplatz angekommen. „Was machen wir jetzt?“, fragte Lupe keuchend. Charly sah sich um. „Hey, ich hab's“, rief sie und ließ sich durch die Menge zur großen Bühne vor dem Rathaus treiben. Lupe und Lenny folgten ihr. Blitzschnell hob Charly das Tuch an, das die Unterkonstruktion der Bühne verdeckte, und alle drei schlüpften darunter. Sie legten sich flach auf den Bauch. So gut es ging, schielten sie unter dem Tuch hindurch auf den Marktplatz.

„Sie kommen!“, flüsterte Lupe. Gebannt sahen

die drei zu, wie die beiden Männer auf den Marktplatz gelaufen kamen und unschlüssig stehen blieben. Sie drehten sich immer wieder um die eigene Achse. Doch sie konnten keine Spur von den Kindern entdecken.

Charly seufzte erleichtert, als sie sah, dass die Gaukler endlich umdrehten und zurück in Richtung Burg gingen.

„Gehen wir jetzt zu Mama?", fragte Lenny.

„Moment ... Warte. Leise."

Es erklang eine Durchsage: „Folgende Personen werden gesucht: Herr Wilhelm Clever, seine Kinder Leonhard und Charlotta sowie Richard Dreisam. Wir bitten die Gesuchten, sich umgehend an der Kasse des Turnierplatzes einzufinden."

„Also dann." Lupe wollte sofort aufstehen.

„Nicht so schnell." Charly zögerte. „Und wenn es eine Falle ist?"

„Was für eine Falle?"

„Was ist, wenn uns diese Gangster ausrufen lassen, um uns hochzunehmen?"

Lupe dachte kurz nach. „Glaube ich nicht. Woher sollen die wissen, wie wir heißen?“

„Na, von meinem Papa. Den haben die doch garantiert entführt. Denk an die Krawatte! Vielleicht wollen sie ja Lösegeld!“

„Charly, jetzt bleib mal ganz ruhig. Vielleicht hat sich dein Vater ja doch nur verlaufen oder so. Und dass die Männer Verbrecher sind, wissen wir ja auch nicht sicher.“

Charly fauchte: „Ach nein? Und warum haben sie uns dann verfolgt? Warum haben sie Einbruchswerkzeug umgeladen? Und woher haben sie Papas Krawatte?“

Lupe hob hilflos die Hände. „Ich weiß es auch nicht. Ich weiß bloß, was wir jetzt tun müssen. Wir müssen rauskriegen, wer uns da ausrufen lässt!“

Zehn Minuten später linsten die drei um eine Ecke der Tribüne am Turnierplatz. Vor sich sahen sie eine Menschenschlange vor dem Kassenzelt. Charly wechselte einen skeptischen Blick mit Lupe und justierte die RFL auf das Zelt.

Kasse

Ein Herzog blickt gar nichts

Charly reichte Lupe die RFL. „Es ist Mama.“

Lupe steckte das Gerät zurück in seine Gürteltasche und sagte: „Du klingst richtig enttäuscht.“

„Na ja. Irgendwie hatte ich mit etwas Dramatischerem gerechnet.“

„Wart’s ab.“

„Was soll das heißen?“

„Weiß auch nicht. Aber ich hab da so ein komisches Ziehen in der Magengegend.“

„Vielleicht musst du mal aufs Klo?“ Charly nahm Lenny an die Hand und marschierte zum Kassenzelt.

Lupe rollte mit den Augen und folgte den beiden.

Am Kassenzelt drängelte sich Charly an die Spitze der Schlange. Einige der wartenden Besucher murrten, doch Charly ignorierte sie.

„Hier sind wir!“, erklärte Charly laut.

Die Kassiererin gab einem Mann sein Wechselgeld zurück. Dann betrachtete sie die drei Kinder.

„Und wer seid ihr?“

„Charly! Lenny!“ Frau Clever kam aus dem Zelt gelaufen. „Richard, du bist auch da! Oh Gott, Kinder, hab ich mir Sorgen gemacht.“ Mama Clever umarmte einen nach dem anderen. Dabei drückte sie jedem, auch Lupe, einen langen Kuss auf die Stirn.

Charly sah, dass Mama sich unauffällig Tränen aus den Augen wischte. Sie schluckte. Schuldbewusst fiel ihr ein, dass sie Mama versprochen hatte, sich nicht vom Fleck zu rühren.

Ein kleiner, dicker Mann in einem prächtigen, rotgelben Kostüm trat aus dem Zelt. Charly erkannte ihn sofort. Es war Herzog Maximilian, der Bürgermeister und Cheforganisator der Ritterspiele. Er schaute die Kinder finster an und hob den Zeigefinger:

„Macht so was nie wieder! Eure Mutter hat sich ganz schön Sorgen gemacht. Ihr könnt doch nicht einfach weglaufen und euch amüsieren."

Charly trat einen Schritt auf den Mann zu und sah ihm direkt in die Augen: „Wir haben uns nicht amüsiert!" Sie wandte sich an Mama: „Wir haben eine Spur von Papa gefunden! Und wir waren einer Einbrecherbande auf den Fersen!"

Herzog Maximilian rollte mit den Augen. „Nun mal langsam. Was sollen denn jetzt diese Märchen?"

„Das sind keine Märchen. Wir haben Papas Krawatte entdeckt ..."

Charly erzählte ihre Erlebnisse von Anfang an. Sie ließ nichts aus. Nur die Hetzjagd quer durch die Stadt spielte sie etwas herunter. Sie wollte Mama nicht noch mehr aufregen.

Als sie fertig war, schüttelte Mama langsam den Kopf. „Kaum zu glauben."

„Jawohl, meine Dame. Völlig unglaublich.“ Herzog Maximilian nickte eifrig. „Wenn Sie mich fragen: Das ist die reinste Räuberpistole, die Ihre Tochter Ihnen da auftischt.“

„Sie haben ja überhaupt keine Ahnung!“, rief Charly empört.

„Und frech ist sie noch dazu. Na, so was sollte sich meine Tochter mal erlauben ...“ Maximilian schaute auf die moderne Digitaluhr, die unter dem roten Ärmel seines Kostüms hervorlugte. „Ich muss leider auf die Tribüne, der nächste Turnierdurchgang beginnt gleich. Sie können gerne hier im Zelt warten, bis Ihr Mann sich meldet. Sie entschuldigen mich."

Herzog Maximilian verließ das Zelt. Die Turnierfanfare ertönte.

Frau Clever sah Charly, Lupe und Lenny an. „Nun?", fragte sie.

Charly biss sich auf die Unterlippe. „Ich müsste nochmal kurz weg", erklärte sie schließlich.

„Nein!" Mamas Stimme klang ungewohnt scharf. „Du bleibst hier. Ich will dich nicht noch einmal verlieren."

„Aber ich muss aufs Klo!", drängelte Charly.

Mama sah ihrer Tochter prüfend in die Augen.

Charly starrte zurück. Nach fünf endlos lange währenden Sekunden senkte Charly den Blick.

„Du musst *nicht* aufs Klo!"

Charly nickte: „Stimmt, das war geschwindelt. Ich will Opa anrufen."

„Du sollst nicht lügen!", mahnte Mama.

„Nein, nein, wirklich! Opa weiß immer Rat. Und er hat bestimmt eine Idee, was wir jetzt machen sollen. Bitte!"

„Charly!"

„Bitte! Mami. Lass mich anrufen! Sonst können wir hier warten, bis wir schwarz werden. Glaub mir. Papa braucht unsere Hilfe."

Mama schwieg. Sie drehte sich um und drehte den Kindern den Rücken zu.

Ihre Entscheidung kam leise, kaum hörbar. „Also schön."

Sie drehte sich wieder zu Charly. „Nimm Richard mit. Zu zweit ist es sicherer. Und ihr geht nur zur nächsten Telefonzelle und zurück. Klar?"

Zwei Köpfe nickten heftig.

„Hier habt ihr eine Telefonkarte."

Sie zückte ihre Geldbörse und gab Charly die Karte. Charly nahm sie und lief mit Lupe los.

Die nächste Telefonzelle fanden sie gleich hinter der Stadtmauer. Doch davor wartete bereits eine ganze Reihe anderer Besucher. Also liefen sie weiter Richtung Marktplatz. Erst dort fanden sie zwei weitere Telefonzellen. Eine davon war besetzt, doch bei der anderen hatten sie Glück, sie war frei. Lupe nahm den Hörer ab. Charly steckte die Karte ein. Lupe wählte. Charly nahm ihm den Hörer aus der Hand.

„Und?", drängelte Lupe.

„Es klingelt."

Plötzlich ließ Charly den Hörer fallen und drückte die Tür auf.

„Da vorne ist die Kutsche!"

Auch Lupe erkannte das bunte Gefährt sofort. Es war gerade dabei, den Marktplatz auf der gegenüberliegenden Seite zu verlassen. Sie konnten von ihrem Platz aus nicht sehen, wer auf dem Kutschbock saß. Dann rannten sie über den

Marktplatz. Es waren nun weniger Menschen unterwegs, denn die Nachmittagssonne brannte heiß vom wolkenlosen Himmel. Viele Besucher saßen irgendwo an schattigen Plätzen. So konnten Charly und Lupe dem Wagen problemlos folgen. Allerdings mussten sie besonders gut aufpassen, damit sie nicht entdeckt wurden.

Der Wagen ruckelte in Richtung Turnierplatz. Etwa 200 Meter vor dem Stadttor jedoch bog er plötzlich nach links in eine Nebengasse. Charly und Lupe warteten, bis der Wagen um eine Kurve verschwunden war, bevor sie langsam folg-

ten. Der Wagen bog aus der Gasse wieder auf eine breitere Straße, offensichtlich eine Art Einkaufsstraße. Sie kamen an Modegeschäften vorbei, einem Reisebüro, einer Bank. Der Wagen bog erneut ab. Charly und Lupe warteten einen Moment. Dann linsten sie vorsichtig um die Ecke.

„Das darf ja wohl nicht wahr sein", murmelte Charly.

Der Wagen war verschwunden! Rasch liefen die beiden Freunde in die Gasse. Sie war kurz und endete nach 40 Metern vor einem alten, vergammelten Lagerhaus.

Lupe kratzte sich hinter dem Ohr. „Schon wieder eine Sackgasse! Aber wo sind die? So eine Kutsche samt Pferd und Menschen kann sich doch nicht in Luft auflösen!"

Charly öffnete Lupes Gürteltasche. „Hat sie auch nicht. Sie muss hier irgendwo sein."

27

Retter in der Not

Hektisch sah Charly sich um. „Der schwarze Ritter schließt gerade die Tür auf!“

„Nein!“, stöhnte Lupe.

Es gab in dieser Gasse nicht die geringste Möglichkeit, sich zu verstecken. Und zum Weglaufen war es zu spät. Charly und Lupe hielten den Atem an, als sich der Schlüssel im Türschloss drehte.

Doch die Tür öffnete sich nicht. Stattdessen hörten sie Schritte, die sich entfernten.

Charly schaute noch einmal durch die RFL. Es war niemand zu sehen. Sie lief rasch zu der Tür und versuchte vorsichtig, sie zu öffnen. „Er hat die Tür abgeschlossen!“

Lupe atmete geräuschvoll aus. „Ich liebe abgeschlossene Türen.“

„Aber wie kommen wir da jetzt rein?“ Charly betrachtete nachdenklich das Metalltor.

„Wie – du willst da rein?“ Lupe sah sie fassungslos an.

„Was sollen wir sonst machen? Etwa wieder zu dieser Schnarchtüte von Herzog gehen und ihn nochmal belabern? Haben wir jetzt mehr Beweise als vorher?“

Lupe stöhnte. „Ist ja schon gut!“

Ohne ein weiteres Wort stellte er sich mit dem Rücken zum Metalltor. Er verschränkte die Hände in Gürtelhöhe, sodass Charly auf seine Schulter steigen konnte. Von dort zog sie sich rasch auf die Oberkante des Tors. Jetzt hatte sie

einen guten Überblick. Sie sah in einen großen, baumbestandenen Innenhof mit einigen Parkplätzen. Die mittelalterliche Kutsche stand unter einem Baum. Das Pferd glotzte sie mit teilnahmslosem Blick an. Von den Männern fehlte jede Spur.

Charly ließ sich innen auf den Boden herunter und öffnete, so schnell es ging, den Riegel des Tores. Lupe huschte hindurch. Sie liefen zur Kutsche und warfen einen Blick hinein. Doch sie war absolut leer.

Dafür hörten sie ein seltsames Summen, wie von einem Staubsauger. Sie wechselten einen Blick und schlichen dem Geräusch nach. Es kam aus dem großen Haus, das die ganze rechte Seite des Hofes einnahm. Die Außentür zu den Kellerräumen stand offen. Von dort unten drang Licht herauf. Vorsichtig stiegen die beiden Freunde hinab und sahen sich um. Sie befanden sich in einer kleinen Tiefgarage. Am anderen Ende war die Einfahrt, deren Rollgitter herabgelassen war. Ein einziger Wagen stand auf den

knapp 20 Parkplätzen. Er trug an der Seite die Aufschrift „Volksbank Ronneburg“. Charly und Lupe suchten Deckung hinter einem mächtigen Stützpfosten. Vorsichtig schauten sie um die Ecke.

Dort standen vier Männer vor einer Stahltür, auf der das Logo der Bank aufgemalt war. Ein fünfter Mann bohrte mit einem großen Gerät neben der Stahltür in die Wand. Charly und Lupe schlichen zurück in den Hof. Lupe sah Charly entgeistert an. „Die Volksbank! Wir waren unter der Bank! Hätte ich auch gleich drauf kommen können. Die sind jetzt zu fünft.

Die anderen beiden hab ich schon mal gesehen. Das waren die Knappen des schwarzen Ritters beim Turnier."

Charly nickte. „Da ist wahrscheinlich die ganze Gangstertruppe zusammen. Und die nutzen den Trubel und den Lärm des Ritterfestes, um in Ruhe die Bank zu knacken! Aber warum macht der Bohrer so wenig Lärm?"

„Das ist kein Bohrer, das ist eine Art Laser. Viel leiser und hundertmal besser. Hast du die Laptops gesehen? Die sind perfekt ausgerüstet. In einer halben Stunde sind die drin und räumen den Schuppen aus bis auf den letzten Cent."

Charly fragte nervös: „Was machen wir bloß?"

„Wir müssen die Polizei verständigen. Und zwar möglichst schnell."

Charly zögerte: „Und wenn die uns genauso wenig glauben wie der Bürgermeister?"

„Willst du vielleicht lieber deinen Opa anrufen?"

„Das wäre immerhin eine Möglichkeit." Charly überlegte kurz. Dann schlug sie vor: „Du bleibst hier und behältst die Truppe im Auge. Ich hole Hilfe."

„Und wen jetzt?"

„Keine Ahnung. Mir wird schon noch was einfallen."

Charly sah Lupes kritische Miene.

„Na los. Mir ist bisher noch immer was eingefallen."

„Das schon, aber ..."

„Kein Aber. Vertrau mir!"

Charly lief zum Tor, drückte es auf und war bereits einen Sekundenbruchteil später hinaus auf die Gasse gehuscht.

Während Lupe sich ein Versteck suchte, rannte Charly die Gasse entlang zur Straße zurück. Dort sah sie sich um. Sollte sie zum Turnierplatz laufen und versuchen, den Bürgermeister doch noch zu überzeugen? Oder tatsächlich Opa anrufen? Schließlich hatte er bis zu seiner Rente bei der Kripo gearbeitet. Und sie schon mehr als einmal aus einer bösen Sache rausgehauen. Charly lief die Straße entlang, auf der Suche nach einer Telefonzelle.

Endlich fand sie eine. Doch sie war belegt, und davor wartete eine ältere Frau. Charly versuchte, sich zwischen die Telefonzelle und die Frau zu drängen.

Die protestierte. „Langsam, Kindchen. Erst bin ich dran."

Charly sah aus den Augenwinkeln, wie der Mann in der Telefonzelle den Hörer einhängte.

„Aber bei mir ist es eilig."

„So eilig kann es gar nicht sein, Kindchen."

Die Tür der Telefonzelle wurde geöffnet. Charly sagte: „Oh doch. Ich muss die Polizei anrufen. Da versuchen welche, in die Bank einzubrechen."

Die ältere Frau mahnte: „Kindchen, man soll nicht schwindeln."

„Aber es stimmt!"

„Was stimmt?" Charly erschrak. Die Stimme kannte sie doch. Sie sah zu dem Mann auf, der eben die Zelle verlassen hatte.

„Bruder Theophilus!"

Der hagere Mönch nickte freundlich zu Charly herab. Er nahm sie an der Schulter und führte sie zur Seite. Die Frau betrat die Telefonzelle und schüttelte dabei den Kopf. „Diese Kinder von heute haben vielleicht eine Fantasie ..."

„Also: Wer bricht wo ein?", fragte Theophilus. Charly zögert nicht lange. Der Mönch hatte ihnen schon einmal geholfen. Er würde ihnen glauben. Atemlos erzählte Charly ihm, was sie und Lupe herausgefunden hatten. Stumm und mit zusammengekniffenen Augen hörte Theophilus zu. Endlich sagte er: „Um Himmels willen! Wir müssen unbedingt die Polizei verständigen. Aber erst holen wir deinen Freund da raus. Es war keine gute Idee, ihn dort zu lassen. Diese Männer könnten gefährlich sein."

Lupe hatte sich unterdessen in einem Gebüsch im Hof versteckt. Charly war bereits seit einer Viertelstunde fort. Die Bohrergeräusche waren vor einigen Minuten verstummt. Bestimmt waren die Männer jetzt in die Bank eingedrungen. Er lauschte. Waren das nicht Schritte, draußen auf der Gasse vor dem Tor? Lupe spähte durch die RFL.

Die Täuschung

Lupe atmete auf. Er kroch aus dem Gebüsch und öffnete leise das Tor. „Na, endlich", sagte er und sah von Charly zu Bruder Theophilus.

„Ich hab ihn unterwegs getroffen", erklärte Charly. „Und ich habe ihm alles erzählt. Er meinte, wir sollten dich erst hier rausholen, bevor wir die Polizei verständigen. Sind sie noch drin?"

Lupe runzelte die Stirn. Er nickte.

„Zumindest sind sie hier nicht rausgekommen. Lass uns gehen!" Lupe machte einen Schritt Richtung Tor, doch Theophilus fasste ihn am Arm.

„Ich möchte noch kurz einen Blick auf die Einbrecher werfen. Nicht, dass wir umsonst die Pferde scheu machen."

„Ich dachte, Sie glauben uns?", fragte Charly überrascht.

„Natürlich. Aber ich würde mich trotzdem gerne selbst überzeugen."

„Sie glauben uns also *nicht*!", stellte Charly enttäuscht fest. „Also schön, Lupe. Zeigen wir's ihm." Sie nahm Lupe die RFL aus der Hand.

Sie führten den Mönch den Hintereingang hinab bis in die Tiefgarage. Sie war leer. Lupe sah Charly an, die auf die Tür zur Bank deutete. Von weitem sah alles ganz normal aus. Doch als die drei sich vorsichtig heranschlichen, erkannten sie die Spuren, die der Laser in der Wand hinterlassen hatte.

Charly blickte kurz durch die Zauberlupe, steckte sie dann ein und drückte vorsichtig die Tür auf. Sie ließ sich jetzt öffnen. Vor ihnen lag ein langer, dunkler Flur. Charly sah Lupe an. Der schüttelte den Kopf. Charly drehte sich zu Bruder Theophilus um. „Ich würde lieber nicht weiter..."

Plötzlich verstummte sie. Lupe sah mit großen Augen, wie Charly langsam beide Hände hob, und drehte sich nun auch um.

Er starrte direkt in eine matt schimmernde Pistole in der Hand von Bruder Theophilus. Mit kalten Augen fixierte er die beiden Kinder. Seine Stimme klang unnatürlich laut: „Paul! Ich bringe euch hier unerwarteten Besuch!"

Sekunden später wurde eine Tür zum Gang aufgerissen. Eine starke Taschenlampe leuchtete auf. Der schwarze Ritter und seine Komplizen starrten ihnen entgegen. Charly und Lupe blinzelten in den blendenden Lichtkegel.

„Mach die Funzel aus und das Licht an!", zischte Theophilus.

„Sekunde, Boss!“, rief einer der Männer. Der Lichtkegel verschwand, und die Gangbeleuchtung wurde eingeschaltet.

Der schwarze Ritter pfiff durch die Zähne. „Boss! Das sind zwei von den Gören, die uns am Parkplatz belauscht haben!“

Theophilus nickte: „Ich weiß. Sie haben mir die ganze Story erzählt.“

„Freiwillig?“, fragte der schwarze Ritter erstaunt.

„Sie hielten mich für ihren Verbündeten.“ Der Mönch nickte in ihre Richtung. „Sind halt doch nur Kinder. Schlimm genug, dass sie uns überhaupt auf die Schliche gekommen sind.“

„Und was machen wir mit denen?“

„Verpackt sie so wie den alten Trottel. Wir nehmen sie erst mal mit, wenn wir hier abrücken. Später sehen wir weiter.“

Sekunden später wurden Charly und Lupe von den kräftigen Männern geschnappt und mit Schnüren und Paketklebeband gefesselt.

Sie wurden in einen großen Raum hinter dem Flur geschleppt. Charly nahm aus den Augenwinkeln wahr, dass dort mehrere Schreibtische standen. Die Männer waren bald wieder aus ihrem Blickfeld verschwunden. Nur hin und wieder hörten Charly und Lupe Geräusche und einzelne Wörter.

Endlich brach Charly das Schweigen. Sie flüsterte: „Tschuldigung!"

„Wofür?"

„Na, schließlich bin ich auf diesen miesen Schauspieler Theophilus reingefallen und hab ihn hier angeschleppt."

„Ging mir doch genauso."

„Du bist nicht sauer?"

„Nö. Ich hab nur Schiss."

„Und ich 'ne Idee!"

Sie hörten Schritte näher kommen und schwiegen. Der schwarze Ritter kam zu ihnen, legte den Kopf schief und betrachtete sie nachdenklich. In der Hand hielt er eine weitere Rolle Klebeband. Er bückte sich und klebte Lupe den Mund zu. Dann drehte er sich zu Charly. „Eines würde ich gerne wissen: Wieso seid ihr uns überhaupt nachgeschlichen?"

Charly schwieg.

„Dann eben nicht." Der Mann riss ein langes Stück Klebeband von der Rolle. Er nahm es in beide Hände und wollte es auf Charlys Mund kleben.

„Die Krawatte!"

Der Ritter zögerte. „Welche Krawatte?"

„Na, Sie hatten beim Turnier eine Krawatte an Ihrer Lanze."

„Und?"

„Sie gehört meinem Vater."

Der schwarze Ritter riss überrascht die Augen auf.

„Der alte Trottel ist dein Vater?"

Charly knurrte. „Er ist kein Trottel, höchstens ein bisschen zerstreut. Was haben Sie mit ihm gemacht?"

„Keine Angst, Mädchen, deinem Alten haben wir nichts getan. Noch nichts. Der sitzt genauso verschnürt wie du im Putzraum der Tiefgarage. Ich hätte ja gerne auf ihn verzichtet. Aber der Typ hatte zwei unserer Leute nach dem Weg gefragt. Gerade, als sie in den Hinterhof der Bank eindringen wollten. Da mussten sie ihn einkassieren."

Der schwarze Ritter schüttelte den Kopf. „Das mit der schreiend hässlichen Krawatte an der Lanze hätte ich mir auch schenken können. Ich fand es witzig. Wer kommt schon auf die Idee, dass ich mir damit zwei Nachwuchsschnüffler ans Bein binde? Na ja, auch egal jetzt, ihr könnt uns eh nicht mehr gefährlich werden."

Der Mann verklebte Charly fachmännisch den Mund.

Minuten später sahen sie, wie die Männer zahlreiche prallvolle Säcke an ihnen vorbei aus der Bank schleppten. Dann kam das Werkzeug. Schließlich wurden sie beide geschnappt und ebenfalls zur Kutsche getragen. Unsanft landeten sie nebeneinander auf dem Boden. Eine Minute

später wurde Charlys Vater auf den Boden der Kutsche geschubst. Er kam mit seinem Gesicht nur einen halben Meter von Charly entfernt zum Liegen. Charly sah, wie er überrascht die Augen aufriss, als er sie und Lupe erkannte. Er versuchte zu sprechen, aber durch das Klebeband klang nur ein leises Brummen.

Die Kutsche setzte sich rumpelnd in Bewegung. Verzweifelt versuchte Charly, sich von ihren Fesseln zu befreien. Dabei wurde sie vom Kopfsteinpflaster der Stadt unsanft durchgeschüttelt. Doch das Klebeband saß zu fest. Sie konnte zwar ihre Finger bewegen, doch die Handgelenke waren fest auf der Höhe ihrer Hüfte verschnürt.

Charly brauchte mehrere Versuche, um die Zauberlupe mit gefesselten Händen aus ihrer Tasche zu ziehen. Endlich gelang es. Sie legte sich flach auf den Rücken. Sie schaffte es, die Lupe so zu platzieren, dass sie einen Blick hindurch in Richtung Wagenheck werfen konnte.

Ein Raubritter schlägt zu

Charly ließ die RFL fallen und atmete tief durch. Keiner der Gangster lief hinter dem Wagen her. Ob sie vielleicht doch eine Chance zur Flucht hatte?

Charlys Vater stupste sie mit dem Knie an. Sie schaute auf. Er machte seltsame Bewegungen. Was wollte er ihr sagen? Ihr Blick glitt an ihm hinab. Da. Seine Finger bewegten sich, gaben Zeichen. Die Mönchszeichen!

Charly konzentrierte sich auf Papas Finger. Verteufelt. Sie konnte sich kaum noch an die Bedeutung der einzelnen Zeichen erinnern. Da. Das war ein H, ein A. Das nächste Zeichen kannte sie nicht. Sie schüttelte den Kopf. Papa begann noch einmal von vorn.

Es dauerte lange, bis Charly und ihr Vater sich ausgetauscht hatten. Am Schluss nickte Charly und griff erneut nach der Zauberlupe. Dann robbte sie zusammen mit ihrem Vater ans hintere Ende der Kutsche. Lupe sah ihnen irritiert zu.

Papa warf sich immer wieder mit der Schulter gegen die Heckklappe. Dabei stöhnte er zwar jedes Mal leise auf, gab aber nicht auf. Das Holz knirschte laut. Charly zuckte vor Schreck zusammen. Doch das Geräusch wurde von dem Holpern auf dem unebenen Kopfsteinpflaster übertönt. Endlich begann die Tür nachzugeben. Noch zwei weitere Stöße, dann sprang sie auf. Charly nickte ihrem Vater zu.

Dann ließ sie sich nach hinten aus dem Wagen fallen.

Noch im Flug kugelte sie sich zusammen. Zum Glück hatte sie das gelernt. Trotzdem stöhnte sie auf, als sie mit der linken Schulter auf dem harten Pflaster aufschlug. Sie überschlug sich einmal und blieb schließlich auf dem Bauch liegen. Mehrere Sekunden hielt sie benommen die Augen geschlossen. Dann hob sie den Kopf. Sie lag in einer unbelebten Nebengasse. Geschickt drehte sie sich und sah der Kutsche nach, die soeben aus der Gasse in eine Straße einbog. Charly atmete auf. Ihre Flucht war offensichtlich unbemerkt geblieben. Doch wie sollte sie sich befreien? In der Gasse war niemand zu sehen.

Und ihr Mund war immer noch zugeklebt, sodass sie nicht um Hilfe rufen konnte. Charly sah sich um.

Neben einer Tür in vielleicht vier Metern Entfernung entdeckte sie einen Fußabstreifer aus Metall. Charly zog abwechselnd die Knie an und streckte sich und schaffte es so, vom Fleck zu kommen. Fast zehn Minuten brauchte sie für die kurze Strecke. Weitere zehn Minuten, um das Klebeband durchzuscheuern, das ihre Hände am Körper fixierte. Dann riss sie sich das Klebeband vom Mund. Sie atmete ein paar Mal tief durch und befreite sich, so schnell es ging, von der zähen Fessel.

Sie steckte die RFL in die Hosentasche, massierte ihre schmerzenden Knöchel und stand auf. Halb lief, halb humpelte sie die Gasse hinauf zu der Straße, in der die Kutsche verschwunden war. Ihre Schulter pochte. Je mehr das Blut in ihre Füße zurückdrang, desto schneller lief Charly. Sie rannte auf die Straße, rannte und rannte und stand bald auf dem Marktplatz. Und da sah sie, wie die Kutsche am anderen Ende den Platz verließ. In einer Viertelstunde würden die Gangster oben an der Burg ankommen – und dann im Laster auf Nimmerwiedersehen verschwinden.

Charly schloss die Augen, als sie an Papa und Lupe dachte. Wie konnte sie die Bankräuber noch rechtzeitig stoppen? Sie öffnete ihre Augen wieder.

Und starrte geradewegs auf die große Bühne vor dem Rathaus. Dort wurde soeben eine historische Szene nachgespielt. Herzog Maximilian saß, in Gesellschaft zahlreicher vornehm gekleideter Herren und Damen, auf einer Art Thron. Zwei lumpig gekleidete Ritter machten ihm ihre Aufwartung. Sie knieten und senkten demütig ihre Häupter.

Charly atmete geräuschvoll aus. Dann drückte sie sich durch das Publikum in Richtung Bühne.

Herzog Maximilian stand auf.

„So bin ich denn Kraft meines Amtes als Fürst gewillt, in edler Gnade mich zu üben. Doch ..."

„Halt!!!!!"

Die Köpfe aller Menschen auf der Bühne fuhren herum.

„Halt!!!", rief Charly noch einmal, während sie rasch auf die Bühne kletterte. Mit weit aufgerissenen Augen und offenem Mund starrte der Herzog sie an.

„Du? Du ... du ..."

Charly sprudelte los.

„Diesmal müssen Sie mir glauben. Die Gangster haben Lupe gekidnappt."

Der Herzog schüttelte benommen den Kopf. Die Menge unten auf dem Platz, die das Gespräch der beiden nicht verstehen konnte, begann zu murren und zu pfeifen. Der Herzog fragte:

„Welche Lupe?"

„Na, Sie kennen ihn doch. Meinen Papa haben sie auch. Und jetzt türmen sie. Wir haben nur noch fünf, vielleicht zehn Minuten. Sie haben alles geklaut."

Das Gesicht des Herzogs lief rot an. Er sprang von seinem Thron auf und fuchtelte mit dem Zeigefinger direkt unter Charlys Nase herum.

„Ich warne dich: Lass mich mit deinen Lügen in Ruhe! Ich habe hier ein Fest mit Zigtausend Besuchern zu leiten und keine Lust, mir das alles von einer Göre wie dir sabotieren zu lassen!"

Charly und der Herzog starrten sich an. Auge in Auge standen sie sich gegenüber. Der Herzog schnaubte vor Zorn.

Charly schrie ihn an: „Ihre blöde Volksbank wäre mir ja total egal. Aber die Verbrecher haben meinen Freund und meinen Vater in ihrer Gewalt, und deshalb ..."

„Die Volksbank?"

Charly hielt inne und drehte sich um.

Einer der beiden zerlumpten Ritter war aufgestanden und musterte sie irritiert. „Gandolf!", rief Charly.

„Sagtest du Volksbank? Hat jemand die Bank überfallen?"

Charly nickte. Natürlich – Gandolf war ja im wahren Leben der Direktor der Ronneburger Volksbank! Er packte sie an den Schultern.

„Nun red schon!"

Charly berichtete. In Kurzform natürlich. Gandolf wurde immer nervöser.

„Um Himmels willen!", sagte er schließlich. „Wir müssen sofort etwas unternehmen."

Gandolf zeigte auf den Herzog: „Max, du verständigst die Polizei. Sie soll so schnell wie möglich die Straße hinter der Burg absperren und dann zur Burg kommen." Er zeigte auf einige der als Ritter verkleideten Schauspieler. „Du, du, ihr auch, auch du Horst. Ihr kommt mit. Wir versuchen, die Truppe aufzuhalten."

Die Männer nickten und zogen ihre Schwerter. Unter den erstaunten Gesichtern des Publikums folgten sie Charly und Gandolf von der Bühne herab. Unten zeigte Gandolf auf ein schmales Gässchen. „Dort rein. Das ist eine Abkürzung. Da kommen wir direkt an der Zugbrücke raus."

Die bunte Truppe rannte die schmale, sich windende Gasse bergauf. Wenige Minuten später erreichten sie den kleinen Platz vor der Burg.

Charly starrte die Gasse hinab. „Sie sind noch nicht zu sehen."

Gandolf drehte sich zu seinen Männern um. „Wir haben den Überraschungseffekt auf unserer Seite. Sie rechnen nicht mit uns. Und weil sie sich so sicher fühlen, haben sie ihre Waffen bestimmt irgendwo verstaut. Wenn wir blitzschnell zuschlagen, dann können wir sie überwältigen, bevor sie auch nur an Gegenwehr denken können."

Gandolf verteilte seine Männer auf beiden Seiten der schmalen Straße. Sie duckten sich hinter kleine Büsche, Hausecken, schmale Zäune zwischen den Häusern. Dann warteten sie. Charly kniete neben Gandolf hinter einem niedrigen Holzzaun.

„Sind Sie sicher, dass das hinhaut?", fragte sie leise. Gandolf spähte angestrengt über den Zaun. Er drehte sich zu Charly. Sein Gesicht war bleich, fast weiß.

„Nein!", antwortete er schließlich. „Schließlich bin ich kein echter Raubritter. Nur Bankdirektor.

Verbrecherjagden kenn ich nur aus dem Fernsehen."

„Aber wir haben keine andere Wahl. Die Polizei schafft es nie rechtzeitig hierher."

„Ich weiß!", stöhnte Gandolf. „Das ist ja das Schlimme."

„Sie kommen!", rief einer der Männer. Alle duckten sich tief in ihre Verstecke. Aus dem Tal rumpelte die Kutsche heran. Charly zückte die RFL.

„Was ist denn das für ein Spielzeug?", fragte Gandolf.

Charly schmunzelte. „Dieses *Spielzeug* sorgt dafür, dass wir bis zum richtigen Moment in Deckung bleiben können."

Gandolf runzelte die Stirn. Charly sagte: „Vertrauen Sie mir. Ich sage Ihnen, wenn Sie das Kommando zum Angriff geben können."

Charly blickte durch die RFL. Langsam kam die Kutsche näher.

Der Schatz im Burggraben

„Jetzt!“, zischte Charly. Gandolf reagierte nicht. Charly starrte auf Gandolfs Hände. Sie zitterten unkontrolliert. Das Schwert drohte zu Boden zu fallen.

Charly griff zu. Dann sprang sie über den Zaun, schrie aus Leibeskräften: „Aaaaaangriffff!“, und richtete das Schwert drohend auf einen der Gaukler, der neben dem Wagen ging.

Der starrte das Mädchen ungläubig an. Dann verzog sich sein Mund zu einem gemeinen Grinsen. Wortlos griff der Mann mit der Hand unter sein Wams.

„Das würde ich lassen, Freundchen!“ Der Mann erstarrte. Er blinzelte nach rechts. Dort stand bereits einer von Gandolfs Männern und hielt ihm die Schwertspitze an die Seite. Der Gaukler hob zögernd beide Hände. Charly sah sich vorsichtig um. Der Hinterhalt war gelungen. Jeder

Einbrecher wurde von zwei oder drei Männern in Schach gehalten. Auch Gandolf sprang endlich auf. Er nahm das Schwert, das Charly ihm reichte, blickte dabei jedoch beschämt zu Boden.

Charly flüsterte ihm zu: „Sie sind der Boss!"
Gandolf streckte den Kopf. Er zögerte kurz, dann aber kommandierte er:
„Los, alle hier an die Hauswand. Und schön die Hände oben lassen."
Charly lief zum Heck der Kutsche und riss die Klappe auf. Lupe und Papa lagen gefesselt, aber unversehrt auf dem Boden. Charly sprang hi-

nein. Sie öffnete die Seitentür der Kutsche und rief: „Kann mir mal jemand helfen?“

Zwei Ritter kamen angelaufen und hievten erst Lupe, dann Charlys Vater aus dem Wagen. Charly sank erschöpft auf den Boden der Kutsche, während die Ritter das Klebeband der beiden Gefesselten lösten. Lupe sprang als Erster auf. „Spinnst du, dich ganz allein aus dem Staub zu machen?“

„Was sollte ich denn machen, einer musste ja Hilfe holen“, verteidigte sich Charly. „Und der Sprung aus der fahrenden Kutsche war ganz schön riskant. Zu dritt wären wir garantiert

bemerkt worden. Also hatte ich mit Papa abgesprochen ...“

„Abgesprochen? Mit zugeklebtem Mund?“

„Mit den Fingern! Du erinnerst dich an Papas geheime Mönchszeichen?“

„Mit denen er dich vor ein paar Wochen gequält hat?“

Charlys Vater grummelte: „Aber es hat sich doch gelohnt, Charlotta. Siehst du, historisches Wissen ist immer nützlich. Als zum Beispiel im Jahre 1477 der Abt von ...“

Ein Schrei unterbrach seine Rede. „Vorsicht! Er türmt!!“

Die drei fuhren herum. Sie bekamen gerade noch mit, wie Theophilus einem der Ritter einen kräftigen Stoß versetzte. Ein anderer lag bereits am Boden. Mit einem gewaltigen Satz sprang der Mönch auf den Kutschbock und ergriff die Zügel. Die Ritter schrien. Das Pferd bäumte sich auf und galoppierte in wilder Panik los. Charly purzelte rückwärts. Der Wagen raste in teuflischer Fahrt auf die Zugbrücke zu. Gandolf und seine Leute, Lupe und Papa starrten dem heftig schwankenden Gefährt fassungslos nach. Im Inneren der Kutsche versuchte Charly, sich mühsam wieder aufzurichten.

Vorne auf dem Bock trieb der Gangsterboss das Pferd weiter an. Die Kutsche rumpelte über die Zugbrücke in die Burg. Charly, die inzwischen das Gleichgewicht wieder gefunden hatte, schnappte sich einen der Beutesäcke. Hektisch riss sie die Schnur ab und kippte den Sack kurzerhand aus.

Tausende von Geldscheinen flogen aus der offenen Heckklappe der Kutsche. Wie ein dichtes Schneetreiben wehten die Scheine zu Boden. Doch Charly hatte keine Zeit, ihnen hinterherzuschauen. Sie klemmte sich den Sack unter den Arm und arbeitete sich nach vorne.

Die Kutsche schrammte gerade haarscharf an einem der hohen Kastanienbäume vorbei und raste durchs hintere Tor auf den Parkplatz zu. Charly öffnete die Klappe zum Kutschbock. Theophilus fuhr herum. Im selben Moment stülpte ihm Charly den leeren Sack über den Kopf.

Theophilus schrie auf, ließ die Zügel fallen und griff nach dem Sack. Doch Charly hielt fest. Das zügellose Pferd raste weiter, und die Kutsche krachte in voller Fahrt in den Kotflügel eines geparkten Lasters. Die

Deichsel riss. Das Pferd stürmte mit dem Rest der Deichsel davon. Der Wagen fuhr noch ein Stück und kippte dann auf die Seite.

Stille senkte sich über den Parkplatz. Langsam wurde die Staubwolke vom Wind fortgetragen. Nur das Trappeln der Pferdehufe und die näher kommenden Polizeisirenen waren zu hören.

Lupe, Herr Clever und Gandolf kamen aus der Burg auf den Parkplatz gelaufen. Fast gleichzeitig fuhren vier Polizeifahrzeuge von der anderen Seite her ein. Die Polizisten sprangen heraus. Zwei von ihnen versuchten, das Pferd einzufangen. Die anderen liefen zur Kutsche. Einer von ihnen nickte Ritter Gandolf zu. „Wir wissen Bescheid, Herr Direktor. Der Bürgermeister persönlich hat uns angerufen."

Gandolf schüttelte ihm die Hand. „Die anderen haben wir. Der Boss der Bande muss irgendwo bei der Kutsche sein. Und das Mädchen, dem wir das alles zu verdanken haben."

Lupe und mehrere Polizisten waren inzwischen bei der Kutsche angekommen. Einer riss Lupe

zurück und rief: „Vorsicht, der Mann ist gefährlich."

„Jetzt nicht mehr!" Lupe deutete auf Bruder Theophilus, der bewegungslos einige Meter entfernt von der Kutsche lag. Die Polizisten rannten zu ihm. Der Mönch hob den Kopf und richtete sich mühsam auf. Sekunden später hatten die Polizisten ihm Handschellen angelegt.

Lupe näherte sich der zerstörten Kutsche. „Charly! Charly? Hörst du mich?"

Es kam keine Antwort. Lupe zog verzweifelt an der verklemmten Seitentür der Kutsche. Charlys

Vater half ihm. Die Polizisten luden Werkzeug aus ihrem Wagen.

Plötzlich sprang mit einem lauten Krachen die Heckklappe der Kutsche auf. Eine völlig verstaubte Charly kroch heraus.

„Charly! Du lebst!“, rief Lupe.

Vater Clever schloss glücklich die Augen.

In diesem Moment fuhr ein Krankenwagen in den Burghof.

Charly richtete sich mühsam auf. Eine mächtige Beule auf ihrer Stirn begann, sich blau zu verfärben. Lupe sah sie prüfend an.

„Alles okay?“

Charly schüttelte benommen den Kopf. „Kaputt. Gebrochen.“

Vater Clever schrie auf und fasste Charly an die Schulter.

„Autsch. Das tut mir weh“, beschwerte sie sich.

„Entschuldigung", murmelte Papa und versuchte, sie am Rücken zu stützen.

„Autsch!"

„Da auch?"

Charly nickte. „Tut mir echt Leid, Lupe."

Lupe schüttelte den Kopf. „Braucht dir doch nicht Leid zu tun. Immerhin bist du eine echte Heldin."

„Und was für eine!", rief Gandolf.

„Aber sie ist kaputt." Charly kamen beinahe die Tränen.

Lupe riss entsetzt die Augen auf.

„Nein!"

„Doch."

„Sag, dass das nicht wahr ist."

„Es ist wahr."

Charly hob ihre linke Hand und zeigte Lupe die völlig verbogene RFL. Das Glas war in tausend winzige Bruchstücke zersplittert.

Lupe seufzte. „Die ist ja völlig hinüber."

„Tut mir irre Leid. Kriegst du sie wieder hin?"

„Ich denke schon. Kostet halt viel Zeit. Und

Geld. Da geht eben wieder das ganze Taschengeld für drauf." Lupe zuckte mit den Schultern.

„Was soll's. Hauptsache, du bist okay. Wenn ich mir vorstelle, du würdest so aussehen wie die Zauberlupe ..."

Gandolf räusperte sich. „Ähm. Wenn ihr irgendwie knapp bei Kasse seid ..."

„Was ist dann?", fragte Charly.

„Dann wird sich das bald ändern. Ist ja wohl selbstverständlich, dass euch die Bank eine saftige Belohnung zahlt. Schließlich habt ihr einen

Bankraub verhindert. Und die Reparatur dieser Lupe zahlen wir natürlich auch."

Charly blickte zu Lupe. Er strahlte. „Also, wenn das so ist ... Da gab es ohnehin noch eine Verbesserung, die ich gerne eingebaut hätte ..."

Charly lachte. Dann hielt sie plötzlich inne. Sekunden später kicherte sie.

Lupe und die anderen sahen sie fragend an. „Du, bist du dir sicher, dass du keine Gehirnerschütterung hast?"

„Mir geht's gut, Lupe. Ich musste nur gerade an heute Morgen denken. Weißt du noch, wie wir von dem Schatz des Raubritters Gandolf erfahren haben?"

„Klar. Er sollte doch ..."

Charly deutete auf die kaputte Kutsche, um die herum unzählige Geldscheine lagen.

„... bei der Burg zu finden sein."

Der Bankdirektor lachte, Lupe und Charly fielen ein. Sogar Vater Clever schüttelte schmunzelnd den Kopf.

Die Polizisten auf dem Parkplatz schauten sich

an. Endlich zuckte einer von ihnen mit den Schultern.

„Typisch. Das ist der Schock. Wird schon vorbeigehen. War sicher ein bisschen viel für Kinder, die sonst nur Spielen und ein bisschen Fernsehen gewöhnt sind ...“

Gerit Kopietz und Jörg Sommer, beide Jahrgang 1963, leben zusammen mit ihren vier Kindern auf einem ehemaligen Bauernhof in Süddeutschland. Gerit Kopietz ist Erzieherin, Jörg Sommer arbeitet als Geschäftsführer einer PR-Agentur. Aber eigentlich wären beide viel lieber etwas Ordentliches geworden – zum Beispiel Abenteurer oder Detektive. Dafür erleben sie seit Jahren in ihrer Freizeit viele Abenteuer mit Kindern in verschneiten Gebirgen, tiefen Höhlen, verlassenen Ruinen, auf wilden Flüssen und an einsamen Küsten. Dabei haben die beiden eines Tages auch Charly Clever kennen gelernt und von ihr die Erlaubnis bekommen, ihre haarsträubenden Abenteuer für andere Kinder aufzuschreiben. Ungelogen!

Gerit Kopietz & Jörg Sommer im Internet:
www.kopietz-sommer.de

Eva Schöffmann-Davidov, geboren 1973, hat schon als Kind alles gezeichnet, was ihr vor den Pinsel kam. Nach dem Abitur besuchte sie die Freie Kunstwerkstatt in München und studierte anschließend Grafik-Design in Augsburg. Heute illustriert sie vorwiegend Kinder- und Jugendbücher.

Der Geheimcode

Diese Fingersprache ist steinalt. Vermutlich tausende von Jahren. Im Mittelalter wurde sie von Mönchen zur Geheimsprache weiterentwickelt. Beinahe jeder Orden hatte eigene Zeichen. Heute wird die Fingersprache überall in der Welt von Gehörlosen verwendet. Sie haben aber nicht nur ein Zeichen für jeden Buchstaben des Alphabets, sondern auch zahlreiche Sonderzeichen für ganze Wörter.

Für die verdeckte Verständigung mit einem Freund sind die Mönchszeichen ideal. Immerhin konnten Charly und ihr Vater sich so aus der Gefangenschaft befreien.

Allerdings verlangt diese Zeichensprache viel Fingerfertigkeit. Du musst immer wieder vor dem Spiegel üben. Dafür ist die Fingersprache einer der wenigen Geheimcodes, für die man keinerlei Hilfsmittel benötigt. Das ist oft ein Riesenvorteil.